DIALOGUE

ENTRE LES DEUX ÉGORGEURS

DE

SAINT-DOMINGUE,

SONTHONAX ᴇᴛ POLVEREL;

DIALOGUE

ENTRE LES DEUX ÉGORGEURS

DE SAINT-DOMINGUE,

SONTHONAX ET POLVEREL.

SONTHONAX.

Nos craintes se vérifient chaque jour. Ces colons sont d'une audace dont rien n'approche! Je viens d'en rencontrer un chez Cambon : j'ai cru qu'il m'avaleroit! Ils plantent, disent-ils, l'échafaud entre eux & nous ! Ils vont crier si fort & si constamment, que je crains bien qu'à la fin ils n'obtiennent cette discussion contradictoire, que j'appréhende tant, & que vous devez autant redouter que moi.

POLVEREL.

Ils auront beau la demander, ils ne l'auront jamais. Il ne s'agit, pour les en écarter, que de bien impreigner l'esprit public, de l'opinion qu'ils sont tous des contre-révolutionnaires. Tout ce qu'ils diront ensuite, ne pourra convaincre, & sera réputé mensonge dans leurs bouches. D'abord, nous produirons les lettres fabriquées contre Page & Brulley, qui, dans le tems, ont fi bien servi Duffay, & dont nous dirons avoir apporté avec nous, les originaux: cette ressource est certaine, & ne peut manquer de perdre ces deux-là ; quant au parti entier, nous dirons au public : voyez quels étoient leurs chefs & jugez-les ! Comment se persuader que des princes colons, entourés de nombreux esclaves, *car il faut appuyer là dessus*, puissent en effet, être patriotes, aimer la révolution & l'égalité !

Sonthonax.

- Oh ! ce colon que j'ai vu chez **Cambon**, m'a déjà répondu à tout cela. 1°. Il m'a dit, tout nettement, que nous avions fabriqué ces deux lettres, et que Page & Brulley nous défioient d'en produire les originaux. Si bien imités, que soient ces lettres, vous sentez comme moi, qu'il seroit véritablement fâcheux pour nous, que l'on en vînt jusqu'à en ordonner la vérification par des experts.

2°. Quand je lui ai reproché de ne pas

vouloir de la liberté des nègres, il m'a fort bien répondu par nos propres déclarations, ou, non-seulement nous jurions, disoit-il, le maintien de l'esclavage; mais ou nous faisions encore le serment de nous opposer de toutes nos forces à l'exécution du décret qui en ordonneroit l'abolition; & il n'a pas oublié de tirer avantage du discours, qu'à ce sujet, nous adressa, à notre arrivée à St.-Domingue, le préfident de l'affemblée coloniale, quand il nous dit, que fi notre mission étoit telle que le bruit s'en répandoit, c'est-à-dire, d'abolir l'esclavage, nous pouvions le déclarer, qu'ils étoient prêts à se soumettre à tout ce qu'ordonneroit, à cet égard, la mere Patrie. Tout cela m'inquiète.

P o l v e r e l.

Et ne doit pas cependant vous inquiéter. Nous serons bien, il est vrai, forcé de convenir de leur soumission à cet égard, puisque c'est configné dans nos propres actes; mais nous dirons toujours que nous n'avons jamais cru leurs offres sincères; que les circonstances nous ont forcés aux déclarations que nous avons faites; qu'elles étoient alors nécessaires pour rassurer ces marchands d'hommes, fon-

dans leurs projets de fortune & leurs spécula-
tions commerciales, sur le malheur de leurs
freres; nous nous étendrons adroitement ici
sur l'odieux du commerce des esclaves & sur la
barbarie des colons, & nous ajouterons qu'aus-
sitôt que nous avons pu parvenir à diminuer
cette grande masse de blancs, en déportant
ceux que nous redoutions le plus & contrai-
gnant les autres de fuir; nous l'avons enfin
proclamée cette liberté sainte, si belle aux
yeux des hommes qui connoissent leurs droits.
Ainsi qu'un bouclier impénétrable nous oppo-
serons cet acte à tous les traits que nos ennemis
oseront lancer contre nous. Nous dirons à la
convention nationale, ce que Duffay lui dit,
le 16 pluviôse : que les chaînes de ces malheureux noirs étoient si lourdes, si pésantes,
qu'au moment où nous les avons faites tomber,
il n'est pas étonnant qu'elles aient écrasé
quelques-uns de ces hommes qui vouloient les
river. Nous serons aussi applaudis que Duffay le
fut alors; car c'est avec ces belles phrases sen-
timentales que l'on séduit le peuple & que l'on
capte l'opinion publique. Quand nous l'aurons
bien formée en notre faveur, nous rejetterons
tous les maux que l'on nous impute sur la né-
cessité d'obtenir cette dernière et bienfaisante
mesure que commandoit l'humanité.

SONTHONAX.

Je sens bien comme vous , que c'est la plus adroite de toutes les défenses que nous ayons à opposer à nos ennemis ; mais elle n'est , ce me semble , bonne que pour la grande masse des hommes que ce mot de *liberté donnée à tout un peuple*, attache à notre cause et éblouit au point de de ne leur plus laisser appercevoir ce que nos ennemis appelent nos crimes. Je crains fort qu'en présence d'une commission , lorsqu'il faudra justifier , un à un , tous nos actes, nous ne soyons très-embarassés.

Quand , par exemple , nous serons accusés d'avoir détruit tous les corps populaires , pourrons-nous répondre que les formes du gouvernement républicain ne pouvoient s'employer dans les circonstances où nous nous sommes trouvés , et que ces formes auroient empêché ou retardé l'exécution de notre projet d'affranchissement ? D'ailleurs , ne nous dira-t-on pas que nous n'avions , ni la mission, ni le pouvoir d'agir à notre gré pour opérer cet affranchissement ? Ne pouvant nous justifier à cet égard, qu'aurons-nous à répliquer quand on nous reprochera , de plus , de nous être opposés à la formation d'une assemblée coloniale, comme le vouloit le décret du 4 avril 1792 (vieux style), et d'avoir arbitrairement substitué à celle que nous avons dissoute, une commission de douze de nos créatures, à laquelle nous avons attribué les mêmes pouvoirs ?

Que répondrons-nous quand on nous accusera de n'avoir canonné et bombardé le Port-au-Prince que par ressentiment contre cette ville, parce qu'autorisée par le décret du 22 août 1792 (v. s.), elle se convoquoit en assemblées primaires pour se nommer des députés à la convention nationale ?

Comment nous justifierons-nous d'avoir fait incendier la ville du Cap ? Nous avons bien dit, dans le public, que les colons aristocrates y avoient mis le feu avant d'émigrer à la Nouvelle Angleterre ; mais tout cela, je vous le répète, n'est bon que pour le gros du peuple : il nous faudra au moins du vraisemblable pour nos juges. D'ailleurs, il sera aisé à nos adversaires de prouver que les dix mille colons qui se sont retirés à la Nouvelle Angleterre, y sont arrivés absolument nuds, et qu'ils ont été contraints de fuir de la ville du Cap où ils étoient poursuivis par le fer et la flamme. Par-conséquent nous ne pourrons jamais réussir à persuader qu'eux-mêmes, pour se réduire à ce misérable état, ayent en effet mis le feu à leurs propres maisons ; et ils ne manqueront pas de nous confondre mille fois par la présen-sentation du tableau de leurs souffrances, et des chétifs secours qu'ils ont été obligés de mandier. Ces réflexions me tourmentent. Je commence à n'être pas tranquille, et j'appré-hende horriblement cette discussion contradic-toire, tant sollicitée par ces colons.

POLVEREL.

Il faut travailler l'esprit des sections de Paris, crier bien fort contre les aristocrates colons qui ne vouloient pas, dirons-nous toujours, de la liberté des nègres, et qui ont vendu les colonies aux anglais.

SONTHONAX.

Je crains bien qu'au contraire ils ne nous en attribuent la perte.

Que de charges contre nous ! Que d'actes arbitraires à nous reprocher ! Comme les événemens nous ont trahis ! Comme en peu de jours les circonstances ont changé et tourné contre nous ! Nous étions tout-puissans ; Duffay nous l'avait mandé et ne nous avait pas trompé : tous nos ennemis alloient nous être livrés et sacrifiés ! Nous n'étions venus que pour jouir de ce dernier triomphe, et dans la pleine assurance que la nation nous proclameroit les restaurateurs de la liberté dans le nouveau monde ! Voilà cependant qu'un jour, un seul jour, opère un tel changement dans l'opinion des hommes et leur manière de voir, que nous-mêmes, à présent, avons tout sujet de craindre pour nos têtes, quand celles de nos adversaires sont assurées.

POLVEREL.

Est-ce que vous allez vous décourager ? Est-ce qu'il ne nous reste pas une grande ressource dans l'amour du peuple auquel nous persuaderons que tout le mal qu'on nous impute, étoit nécessaire pour parvenir au grand acte de l'affranchissement des noirs ? Travaillons les sections de Paris : formons l'opinion publique.

SONTHONAX.

Elle a déjà bien tourné contre nous, l'opinion publique. Voyez ce qui, le 7 fructidor, s'est dit aux jacobins ; nous y avons été traités de brissotins. Je ne cherche pas comme vous à nous flatter : de quelque côté que je tourne mes regards, je vois nos affaires très-mauvaises.

Si encore l'événement du 9 au 10 thermidor eût tardé seulement quelques jours, nous aurions, dans la nuit du tombeau, enseveli, avec nos ennemis, bien des secrets dont la connoissance peut nous perdre. Nous aurions pû tout dire : nous aurions été crus et bénis.

POLVEREL.

Eh! mon dieu! comme vous vous épouvantez! Avez-vous oublié que nous avons des patrons puissans ; que nous les avons fixés de manière à pouvoir répondre d'eux, et que Duffay, qui enrage de voir beaucoup de ces colons hors des prisons, nous a fait espérer qu'il trouveroit quelque moyen de les écarter d'une manière quelconque. Je sais bien comme vous que nous sommes perdus, s'ils parviennent à nous joindre en présence d'une commission ; mais c'est aussi ce que nous devons empêcher. Il faut pour cela que vous, moi, Dufay, Garnot, Mils et Belay, voyions sans cesse nos patrons, les fixions invariablement et les engagions à embrouiller si fort cette affaire des colonies, que la convention elle-même appréhende de l'aborder. Nous travaillerons de notre côté le public dans le même sens; nous gagnerons ainsi du tems, et parviendrons, par suite, à obtenir, d'une manière ou d'autre, quelque décret qui mette les parties dos-à-dos.

SONTHONAX.

Savez-vous que ce colon que j'ai vu chez Cambon, m'a furieusement poussé. Il m'a bien déclaré que l'ordre que nous avions donné de brûler le convoi étoit dans leurs archives, ainsi que celui à tous les forts de tirer sur les vaisseaux de la république.

POLVEREL.

Oh ! je sais bien qu'ils ne nous feront aucun quartier, si cela dépend d'eux.

SONTHONAX.

Si vous l'aviez vû chez Cambon; comme il étoit furieux contre moi : (et sans encore me connaître), quand je lui ai reproché que Page, Brulley & les colons étoient si bien les amis de Robespierre, qu'ils dînoient tous les jours

chez lui ! Il a sur-le-champ pris acte de mon
inculpation, m'a sommé d'en fournir les preu-
ves, et m'a de suite demandé mon nom d'un
air et d'un ton, tout en prenant la plume pour
l'écrire, à me faire craindre qu'il n'allât m'a-
valler ! Nous avons à faire à forte partie.

POLVEREL.

Je le sais ; mais comme je vous l'ai dejà
dit, en embrouillant bien l'affaire, et sur-
tout en fixant, vous m'entendez . . . .
en fixant, dis-je, invariablement nos patrons,
nous obtiendrons par leur crédit, le décret qui
nous mettra dos-à-dos.

SONTHONAX.

Je le souhaite : cependant je suis convaincu
que nos ennemis sont d'un acharnement à
nous poursuivre qui me fait bien craindre
que nous ne réussissions pas à obtenir cette
mesure, d'autant qu'il y a quelque vertu
dans la Convention. Si vous eussiez vu ce
colon, quand je lui ai eu dit mon nom,
comme il m'a traité quand il a sçu que j'é-
tois Sonthonax ! Je me suis trouvé tout dé-
concerté ! Je ne savois en vérité que lui
répondre ! . . . .

POLVEREL.

Pourquoi, aussi, êtes vous entré en discussion avec lui? Quand vous lui avez parlé des liaisons que vous lui supposiez avec Robespierre, ne pouvoit-il pas vous parler, lui, des liaisons de Duffay avec l'ancienne police? Ne pouvoit-il pas vous dire : « Duffay » disposoit entièrement de cette ancienne po- » lice ; cette ancienne police étoit vendue à » Robespierre ; donc.... Vous sentez de quelle » force est ce *donc* ! » Non seulement les colons, mais tout le public sait que que Duffay faisoit arbitrairement incarcérer les colons, & avoit fait délivrer, à cet effet, par l'ancienne police, l'ordre à tous les comités révolutionnaires de généraliser le décret du 19 ventôse. (1) Il étoit donc prudent, comme vous voyez, de ne pas donner l'occasion de relever de pareils faits dont on pourroit tirer des conséquences qui nous seroient funestes.

---

(1) Ce décret avoit tellement été généralisé contre tous les colons, que l'ancienne police l'avoit appliqué même aux habitans des Antilles. Onze citoyens de Tabago, dont une negresse, ont été incarcérés parcequ'on les a prétendus membres des assemblées coloniales de Saint-Domingue. Ces malheureux sortoient des prisons de l'Angleterre. S'étant présentés à la Municipalité pour y faire viser les passeports qui leur avoient été délivrés, à Port-Malo, ils furent arrêtés & envoyés en prison.

SONTHONAX.

Je n'imaginois pas avoir affaire à un homme de cette trempe ; et vous sentez quel avantage j'eusse retiré auprès de Cambon et de quelques autres personnes qui étoient là, si la fortune m'eût présenté une victoire facile dans un homme d'un autre caractère, et moins instruit aussi de nos affaires. Celui-là connoît tous nos actes : je ne vous cache pas que je n'ai plus la même assurance depuis cette discussion avec lui ; et encore quelqu'un m'a-t-il dit qu'il se proposoit de faire imprimer, distribuer et placarder tout ce que, dans son indignation, il a osé me reprocher en face même.

POLYVEREL.

Oui ! eh ! bien, imprimons aussi, distribuons, placardons tant, tant et tant, qu'à la fin on n'entende plus rien à nos affaires. Nous avons à rendre compte d'évènemens qui se sont passés à deux mille lieues d'ici ; nous avons à parler d'hommes blancs, noirs et rouges, de leurs torts, de leurs droits mutuels ; faisons de tout cela une tour de Babel ; mêlons tellement et les hommes et les choses, portons dans nos récits une telle confusion, qu'enfin chacun redoute d'en entâmer l'examen. Quand le public et la convention en seront bien rassasiés, nous et nos patrons saisirons un moment propice, et nous nous ferons renvoyer dos-à-dos.

C'est le seul moyen de défense que nous puissions employer avec succès. Tenons-nous y. Quant à présent, occupons-nous seulement de gagner du tems pour donner aux efforts de nos ennemis, celui de se rallentir.

SONTHONAX.

Vous avez raison : vous m'avez rendu le courage : adieu. Je vais voir C..... et B...

POLVEREL.

Adieu : moi, dans une heure, j'irai voir T.... et B... Dites à Dufay de voir aussi C... et L... Et sur-tout soyons éloquens.

THEROU, *colon de Saint-Domingue.*

Paris, le 18 fructidor, an deuxième de la république française, une et indivisible.

De l'imprimerie de LAURENS jeune, Libraire, rue Jacques, vis-à-vis celle des Mathurins.

www.ingramcontent.com/pod-product-compliance
Lightning Source LLC
LaVergne TN
LVHW021104050726
842519LV00005B/1810